不知有花

山木野草的四时之态

徐文治 著

漓江出版社

徐文治

徐文治瓶花北京艺术中心创始人，中国传统插花研究学者，资深艺术媒体人、策展人、空间艺术规划师。

曾任《画廊》杂志副主编，《新美域》杂志主编，对萧谦中、陈师曾、溥儒、赵朴初诸先生研究用功甚勤，有相关论文发表或出版。

近年来致力于传统生活美学研究，对文人茶事及瓶花艺术颇有心得。尤其致力于探讨瓶花在艺术展览和当代生活空间中的运用实践，常年为恭王府、国家博物馆、中国美术馆、故宫博物院、苏州博物馆、佳士得拍卖行等相关艺术展览和文化活动提供展陈设计服务。为苏州博物馆“梅景传家——清代苏州吴氏的收藏”展陈侍花，作品入围第八届陈设中国·晶麒麟空间陈设美学奖。已出版《瓶花之美》《瓶花六讲》《瓶花谱义疏》《梅边消息——瓶花之梅》《中国绘画史·导读》《铜瓶纸帐贮梅花》等著作。

始终关注“如何将传统瓶花融进现实生活环境”，提出“生活艺术化”概念——从艺术的角度出发规划空间，把生活空间变得更有艺术感。

插花的根本目的是回归到生活空间中来，让瓶花为空间服务，与环境协调，彰显空间的主题和意境，而不是突出瓶花艺术本身。

基于如上之认识，倾力于瓶花艺术之课程研发。

课程特色：结合历代典籍文献和绘画作品，深入解读唐宋以来的瓶花理论，还原中国瓶花艺术的本来面目。并通过研读经典，厘清中国传统瓶花的艺术旨归与审美标准，进而探索瓶花艺术在当代空间规划中的应用。

散曲·水仙子

元·张雨

归来重整旧生涯，

潇洒柴桑处士家。

草庵儿不用高和大，

会清标岂在繁华？

纸糊窗，

柏木榻。

挂一幅单条画，

供一枝得意花。

自烧香，

童子煎茶。

题记

人情必有所寄，然后能乐。故有以弈为寄，有以色为寄，有以技为寄，有以文为寄。古之达人，高人一层，只是他情有所寄，不肯浮泛虚度光景。

每见无寄之人，终日忙忙，如有所失，无事而忧，对景不乐，即自家亦不知是何缘故。这便是一座活地狱。更说甚么铁床铜柱、刀山剑树也。

大抵世上无难为的事，只胡乱做将去，自有水到渠成日子。

——袁宏道

序

不为花而目醉神迷，惊愕叹息的，才是花的主人吧！

花是树的一部分，树是山林的一部分，山林是生活的一部分，而生活是浑然大化的一部分。

——张晓风《不知有花》

人生倥偬，能赏花之时百不得一，能赏花者又百不得一。能赏一切花者更不知有几。天下之大，南北殊异，能知花者几何？此不知有花之谓也。

“苔花如米小，亦学牡丹开。”集中所辑者，或不以花显，世之人不曾青眼有加，故大而化之，俾世之人觐其貌，讶然有此花也。

或花绚烂一时，世人皆知。繁花褪去，择一枝一果投瓶，亦有况味。此不知有花之另一境地。

不知有花，采山木野草投瓶，反侧以取其态，荣枯以备四时。或有悖罗虬兰蕙梅莲之意，终不违沈复观势取态之法，以“写生折枝之妙”为旨归，故是瓶花之一支，不作他求。

是为序。

文治于京沪道上

2019.5.7

目录

春

东风吹百卉，上苑正青春。

夏

育物莳嘉植，丹蔼耀朱夏。

秋

凉风入书幌，且喜素秋来。

冬

万岁长乐康，玄冬瑶草芳。

春

东风吹百卉，上苑正青春。

1

南蛇藤　圆柏

花材 — 南蛇藤　圆柏
花器 — 西山芳浩哨子长瓶
摄影 — 柴英杰

瓶花之妙，寓兴不可少，皆与传统文化相表里焉。
若花之于牡丹芍药，必使之富贵；
松竹梅菊，必见之闲雅。
杨柳梧桐之扶疏风流，乔松古柏之岁寒磊落，
皆要能兴起人意，思接千载，如登临览物之有得也。

佳木霜子，取其有丹心岁晚坚也。

2

枯木 海棠枝 木百合

花材 — 枯木 海棠枝 木百合
花器 — 高振宇制玉出昆岗青瓷花瓶
摄影 — 郑兰翔

佳士得“当代书房”展。

鸡翅木茶几，南官帽椅，壁悬当代水墨书法。
几上青瓷花瓶温润如玉，竹刀切削的线条经釉料掩饰，
柔中带刚，坚韧滋媚。
花材选择极富变化的初春海棠老干，
自枯木中挺出，似是花瓶本身线条之延伸，
又呼应了壁间淡墨书法作品。
瓶口两朵木百合，遥应南官帽椅的色系。
一组不同艺术家的作品融合在摄影师的镜头中，毫不违和。

这也许就是瓶花在艺术展陈中的功用吧。

器得雅称，安设得所。

3

桃枝 香水百合

花材 — 桃枝 香水百合

花器 — 辽代褐釉鸡腿瓶

摄影 — 文治

岁首酷寒，瓶若苍茫大地。

绿意渐上枝头，

一丛香水百合盛放，

斋头晤对，

坐沐清香，浑忘岁月。

4

乌柏

花材——乌柏
花器——玻璃杯
摄影——文治

新绿苞初解，含露渐舒叶。

地上丢弃小枝，顶上叶弃去，仅留初生嫩叶。
老旧断痕与嫩叶互衬，张力无限。
嫩叶羸弱，色彩丰富，惟洁净玻璃杯方能衬出。

拍摄角度亦重要。若杯中部分全部拍出，
一览无余，韵味尽失。枝干隐约，
似法书笔断意连之状，况味隽永。

5

白桦 紫叶李

花材——白桦 紫叶李
花器——黄釉观音瓶
摄影——文治

胖龙集团顺义苗圃里有海棠园。
我去拜访时海棠尚未开，
树丛中偶见白桦，枝条婀娜寒风中，极有情致。
京城难得一见，乞得一枝归来投瓶，
顿觉春风十里，似有濛濛雨，杨柳丝柔。

李时珍曰：桦木，生辽东及临洮、河州西北诸地，其木色黄，有小斑点，红色。能收肥腻，其皮厚而轻虚软柔，皮匠家用衬靴里，及为刀靶之类，谓之暖皮。以皮卷蜡，可作烛照。（《广群芳谱》卷七十九·桦木）

花材——茶树 菊瓣桃花
花器——葫芦
摄影——文治

茶树 菊瓣桃花

6

友自西双版纳带来老茶一枝，
苔痕累累，老枝怪奇，茁枝如戟，饶有画意。
略为收拾，安顿在老葫芦花器中，
器口点缀菊瓣桃花，
端庄妩媚，不可方物。

唐·陆羽《茶经》：茶者，南方嘉木也，一尺、二尺，乃至数十尺，其巴川峡山有两人合抱者，树如瓜芦，叶如栀子，花如白蔷薇，实如栟榈，蒂如丁香，根如胡桃，……其名一曰茶，二曰槚，三曰蔎，四曰茗，五曰荈，其地，上者生烂石，中者生砾壤，下者生黄土。

7

石楠

花材—石楠
花器—唐黄釉小瓶
摄影—柴英杰

夏浅清阴满。淡日廊下，百花歇却，
恭王府里为朴老布展。
案头文房星陈，置瘦高小几，
瓶中投石楠枝一，繁蕊簇点，不妖不娆。
叶去欲尽，惟留橘红虫叶二，遥映瓶釉。

《本草》：石楠一名枫药，苏颂曰“南北有之，生于石上”，株极有高大者。江湖间出者，叶如枇杷，上有小刺，凌冬不凋。春生白花成簇，秋结细红实。关陇间出者，叶如莽草，青黄色，背有紫点，无花实。叶至茂密，南北人多移植亭院间，阴翳可爱。（《广群芳谱》卷七十二·石楠）
权德舆咏石南诗曰：石南红叶透帘春，忆得妆成下锦茵。试折一枝含万恨，分明说向梦中人。

8

荠菜花 诸葛菜

花材—荠菜花 诸葛菜
花器—玻璃杯
摄影—文治

玻璃器皿插花最难者为器中植物之枝脚。
若不刻意从事，常芜杂冗乱。故固定之法宜着意讲求。

用细铁丝，一端留少许挂器壁上，
花材觅合适之孔隙固定取势，
俯仰斜正，以适其态。

取二月蓝（诸葛菜）、荠菜花，二者凑簇，
似生一处，自然得其生机。

宋·高承《事物纪原·草木花果》：今所在有菜野生，类蔓菁，叶厚多歧差，小子如萝卜，腹不光泽。花四出而色紫，人谓之诸葛亮菜。

9 荠菜花

花材——荠菜花
花器——云南石制胆瓶
摄影——文治

城中桃李愁风雨，春在溪头荠菜花。

“古时，三月三日上巳，官民皆禊于东流水上。”（《后汉书·礼仪志》）
其习大约源于郑国之俗，
时于溱洧之上招魂续魄，秉兰草祓除不祥。
后世修禊辟邪之意渐弭。

周密《赏心乐事》载南宋上巳时尚：
“三月三日，男女皆戴荠花。”戴荠花相沿成习。
清·顾禄《清嘉录》记吴门风俗云：
“荠菜花俗呼野菜花，因谚有‘三月三，蚂蚁上灶山’之语。
三日，人家皆以野菜花置灶陉上，以厌虫蚁。侵晨，村童叫卖不绝。
或妇女簪髻上，以祈清目，俗号眼亮花。”

春红烂漫之候，撷荠花入瓶，取荠健脾明目之效以祈万福。

《集韵》：荠，甘菜。
《诗·邶风·谷风》：谁谓荼苦，
其甘如荠。

10

油松花

花材—油松花

花器—褐釉三足鬲[1]炉

摄影—文治

寒松无妖花，枝下少人行。

世人好颜色，奔竞不暇。枝头蒙茸，
无人视此为花也。植炉中清供，
似有松香袭人，聊代沉檀。

岂不罹寒暑，为君留青青。
青青好颜色，落落任孤直。

[1] 鬲：此处读 lì，在甲骨文和金文中，是象形字，指鼎一类的烹饪器，三足中空，是古代炊具的一种。

11

杏枝 西府海棠 草花 火棘

花材 — 杏枝 西府海棠 草花 火棘

花器 — 磁州窑剔花梅瓶

摄影 — 文治

空斋长夏永如年，莫辜花影午时天。

春尽，往饮马川。

古长城下采杏树大枝归。

枝已枯槁，根部皴裂，极似老梅干。

点缀西府海棠肥叶，生机顿显。

草花一枝婀娜招展，仿若城墙壁间之时。

12

紫桐花 山楂花

花材 — 紫桐花 山楂花
花器 — 残黑陶双耳三足炉
摄影 — 文治

宋·陈翥[1]有《桐谱》，略云：
紫花者名紫桐，花如百合，实堪糖煮嚼。

李时珍《本草纲目》以花紫色者为冈桐。

桐寔[2]嘉木，其枝可栖凤，
其叶可剪圭，其本可斫琴。季春之月，桐华之候，
陶炉汲清涟以奉。于彼朝阳，含烟弄雨，欹斜舒笑。
案头清供，不负此花。

[1] 翥：读 zhù，形声字，羽为形，者为声，本义为鸟向上飞；指飞，飞举，“鸾翔凤翥众仙下，珊瑚碧树交枝柯。”（韩愈《石鼓歌》）

[2] 寔：读 shí，形声字，本义为停下来、止息。释义一为代词的“此，这”，释义二为副词，通“实”，确实，实在。

13

二月蓝

花材——二月蓝
花器——日式盘丝琉璃胆瓶
摄影——文治

明朝风起应吹尽，夜惜衰红把火看。

春野饶诸葛菜（二月蓝），蓊郁迷离，撷来投瓶，变化万千。
胆瓶深紫色，与花色相映成趣。

瓶花置高几上，
似迎风，似凝伫，欹斜舒笑，态度绰约。
与春野之迷离，又别是一境界。

夏

育物莳[1]嘉植，丹蘤[2]耀朱夏。

[1] 莳：读 shì，移栽；栽种，种植。

[2] 蘤：读 huā，“花”的异体字。

14

小麦 景天

花材——小麦 景天

花器——竹篮

摄影——柴英杰

2016 年讲授“瓶花之岁时节序·小满”时所作。

小满时，北方小麦灌浆小满，故取小麦以应节序。
清代宫廷瓶花清供时有瑞麦嘉禾题材，以兆祥瑞。
今都邑中人多已不辨麦菽，借此供诸君多识草木。

明贤云：直枝蓬头花朵，不入清供。
麦穗少变化，极难取态，固定亦不易。
故取景天实篮，小麦自草丛中怒出，
向背万态随低昂，亦有生机。

《周书》：四月孟夏，王初祷于岱宗，乃尝麦于庙。

《唐月令注》：小满……农乃登麦。天子乃以彘[1]尝麦羞，以含桃先荐寝庙。

[1] 彘：读 zhì，指“猪”。

15

松枝 珍珠梅

花材—松枝 珍珠梅
花器—磁州窑褐斑老碗
摄影—柴英杰

夏深，青果累累，花事久阑。
珍珠梅若繁星，掩映浓荫之中，偶有浓馥之臭袭人。

郊野偶遇病松，针尽蜕，枝头缀弱小松花。

二者一繁一简，一疏一密，张弛之际，无尽况味。

16

枇杷果

花材—枇杷果

花器—日式铜胆瓶

摄影—文治

吴门一见枇杷花，时时牵惹梦魂。

初夏南来，金丸已累累枝柯间矣。

一丸叶底翘首，思欲灵化。

落叶空林忽有香，疏花吹雪过东墙。居僧记取南风后，留个金丸待我尝。

——明·高启《东丘兰若见枇杷》

17

广玉兰 枇杷 枯木

花材 — 广玉兰 枇杷 枯木
花器 — 日式铜觯[1]
摄影 — 文治

广玉兰，北地所不经见者。
廿年前山东一遇，萦念至今。
沪上又见，寄瓶中，硕人其颀，
若柔荑，若凝脂，金珠三枚以环，巧笑倩兮。

[1] 觯：读 zhì，一种用来盛酒的器皿，像樽而小。《礼记·礼器上》："尊者举觯，卑者举角。"

18

树皮 爬山虎 野花

花材 — 树皮 爬山虎 野花
花器 — 日式铜胆瓶
摄影 — 盛佳繁

江南枇杷熟时，红白夹竹桃外，花极少。
墙角取爬山虎嫩藤附树皮蜿蜒，
苍黝以衬肥绿，直似老屋墙角。
瓶口缀野花一茎迎风，摇荡墙头。

藤本多下垂，瓶壁掩饰苍老树皮，
藤自皮后蔓生，生机顿显。
若藤自瓶口垂下，
一览无余，多孤零，
有花瘦于瓶之病。
树皮或枯木以掩瓶口，可免此患。

19

紫藤 半夏

花材—紫藤 半夏

花器—钧窑贯耳方瓶

摄影—顾忆

岩壁间取瘦藤一截，叶虫噬过半，颇呈瘠态。

半夏一茎，自瘿根隙间生，葳蕤英挺。

肥瘠之间，可瞻物色。

20

半夏 苔花 青苔 枯木

花材—半夏 苔花 青苔 枯木

花器—湖田窑大碗

摄影—钟竺伽

碗釉碧绿，置枯木，附生青苔，润润一色。

苔丛中苔花一簇，葳蕤自守，恰如袁才子所咏：

“白日不到处，青春恰自来。苔花如米小，亦学牡丹开。”

苔木隙处挺生半夏一茎，叶柄顶端生鞘，珠芽其内，

即花也。鞘形可爱，变化不一，故插之。

半夏夏至时生，夏已半，溽景熏天，

案头清供一盏，且自珍摄。

21

半夏 金刚藤

花材 — 半夏 金刚藤

花器 — 湖田窑瓜棱瓶

摄影 — 顾忆

"陶然·有山"后山多竹林，

林间树亭，可憩可饮可眺。

亭畔杂生金刚藤。循藤视土中，块磊者即其根茎。

坚硬若铁，瘦奇如石，得瘦透漏皱之妙。

根植瓜棱瓶中，三茎半夏任意其穴隙之间，

饶天然之趣，不假人力。

22

枯木 地黄

花材—枯木 地黄

花器—汉砖

摄影—文治

地黄，亦名生地。

花管状，白色或紫色，北方野外春时遍生。

花管甜香，童辈喜啜吸之。

其根肥而多汁，可染黄。

器中置枯木，类石壁，地黄生石隙瘠土中，灿烂亦然。

23

枯木 商陆 杂卉

花材—枯木 商陆 杂卉
花器—仿青铜簠[1]
摄影—文治

商陆花白色穗状，
秋来累果紫红可观，枝干多态，
极易取势，市中多有售者。
野郊贫瘠之处生者瘦硬遒劲，投瓶更佳。
青铜簠中枯木块磊崚嶒，仿若崖壁，
商陆隙间挺生，更缀杂卉凑簇，
生机盎然，案头舒展，令人有岩壑之思。

《易·夬》："苋陆夬夬[2]，中行无咎。"王弼注："苋陆，草之柔脆者也。"唐孔颖达疏："马融、郑玄、王肃皆云，苋陆一名商陆。"

[1] 簠：读fǔ。【说文】黍稷圜器也。【广韵】簠簋，祭器。【诗·秦风】《释文》外方内圆曰簠，用贮稻粱，容一斗二升。【论语注】周曰簠簋，宗庙盛黍稷之器。

[2] 夬夬：读guài guài，六十四卦之一，卦形为乾下兑上；还有果断的意思，"君子夬夬，终无咎也。"（《周易·夬》）。

24 枯木 青桃 余甘子

花材—枯木 青桃 余甘子

花器—陶瓶

摄影—文治

枯木类山石，花器隐其后，

青桃一枝挺立，缀毛桃枝头，

夏初之景。

余甘子石隙寄生，枯木顿显生机。

25

碧桃

花材—碧桃
花器—绿釉人物故事梅瓶
摄影—文治

酷暑中花多难插，草木日午叶垂，
炎蒸而水气不接，姿态难佳。
梅瓶中插青桃一枝，
其叶蓁蓁，其实有蕡，凉飕自生。

诗案自应留笔研，书窗谁不对梅瓶。
——宋·韩淲

26

商陆 杨梅

花材—商陆 杨梅

花器—青铜胆瓶

摄影—文治

莫嫌风味欠儒酸，累累红紫玉低垂。

六月中，沪上市中售卖杨梅枝。
负大枝归客馆。投瓶中，皆不佳。
昔于武夷山中插此青果，
叶似夹竹桃，错生干上，难得佳趣。

取商陆与杨梅合插，聊备一格。

27

枯木 红薯秧 太平花

花材 — 枯木 红薯秧 太平花
花器 — 国家博物馆仿武进出土春秋三轮铜盘
摄影 — 文治

铜盘承枯木一拳，隙间生红薯叶一丛，
丛中挺生太平花一枝，春色随盘所至，
便即欢赏，古之移春之意也。

木自木，叶自叶，花自花；
盘中一之，木非其木，
叶非其叶，花非其花，凑簇相生，
造化天成，不假人工。

宋祁《益部方物略记》："瑞圣花，出青城山中，干不条，高者乃寻丈，花率秋开，四出，与桃花类，然数十跗[1]共为一花，繁密若缀，先后相继开，凡阅月未萎也。蜀人号丰瑞花，故程相国琳绘图以闻，更号瑞圣花。然有数种，其小者号宝仙，浅红者为醉太平，白者名玉真。成都人竟移莳圃中，以为尤玩云。"

清道光时避嘉庆帝讳，改称太平花。今太平花五月已开，"花率秋开"或误之。

[1] 跗：读 fū，本义指脚背，这里指花托的最底部。

28

金刚藤 蛇莓

花材—金刚藤 蛇莓

花器—日式铜瓶

摄影—顾忆

金刚藤根茎似湖石，有出岫之状。

云根点缀蛇莓三四，

俏然石畔，妖娆无限。

29

枯木 百香果藤 杂草 苔藓

花材—枯木 百香果藤 杂草 苔藓

花器—白瓷盘

摄影—顾忆

闽北下梅溪畔有百香果。

戊戌夏过武夷，于陶然有山见之。

花聚生如轮，卷须伴生，芳香不可名状。

取一茎蜿蜒枯木间，

暎带[1]萦回，不知其终始。

水际苍岩绿苔似渚汀，

咫尺之间，如对匡庐。

[1] 暎带：景物互相衬托。晋·王羲之《兰亭集序》：“又有清流激湍，暎带左右。”唐·高适《自淇涉黄河途中作》诗之五：“山河相暎带，深浅未可测。”唐·李频：“巍峨数里城，远水相暎带。”

30

枯藤 青桃

花材—枯藤 青桃

花器—日式铜瓶

摄影—顾忆

枯藤萦绕，回转如线，极饶动感。

毛桃一茎，掩瓶口而出，生意无限。

藤本细弱，赖桃叶掩映，

方免枯羸，亦是救弱之法。

张谦德《瓶花谱》：瓶花虽忌繁冗，尤忌花瘦于瓶。须折斜欹花枝，铺撒小瓶左右，乃为得体也。

31

桧柏

花材—桧柏
花器—牧之制琉璃净瓶
摄影—牧之

吴门太湖畔白鹤寺中供花。

佛前供花乃瓶花之别支，
非瓶花出供花也。
经中胪列供花之材颇繁杂，
且多为梵文音译，难究其实。
领略其要，惟在悟空，一堕色界即泥。
柔软细滑，好色多香者皆可供。
故取桧柏一枝投瓶，空幻之间，或有悟。

应令运想，是为最圣上供养尊法。

32

莲蓬

花材—莲蓬
花器—磁州窑褐釉瓶
摄影—柴英杰

世之爱莲者众，花之君子也。

褐瓶肩下露胎，朴素若泥沼，瓶中投小莲蓬两茎，一翠绿，一鹅黄。

鹅黄者花蜕未久，花萼花蕊残遗一二，

振振欲去，令人想其卷舒开合之际。

明·叶绶著《君子传》有云：“君子不时见，每盛夏，东日方兴，

振衣起立，吟风洒露，逍遥欣跃，已而徘徊顾望。

移午敛体握固，噤不露半唇。数日卸服，委其心而蜕去。

去辄至时复来，来去皆在壶中，人莫能窥其迹。……

程九龄拜事之，俟其去，而视其遗，玉蛹累累，私啖之，

琼液满咽，两脸骎骎[1]君子之色。”

视吾壶中，故君子之遗也。

明·王象晋《群芳谱》：其茎茄，其叶蕸[2]，其本蔤[3]。叶清明后生，圆如盖，色清翠。五、六月开，花有数色，惟红、白二色为多，花心有黄蕊，长寸馀，大者花至百叶。花已发为芙蕖，未发为菡萏。

[1] 骎骎：读 qīn qīn，盛貌。唐柳宗元《感遇》诗之一：“东海久摇荡，南风已骎骎。”宋·张耒《春日杂兴》诗之五：“飞花去寂寂，新叶来骎骎。”

[2] 蕸：读 xiá，指荷叶。

[3] 蔤：读 mì，指藕。

33

山桃草 菱花

花材 — 山桃草 菱花

花器 — 竹制茶海

摄影 — 文治

菱角，人皆知。

菱实充供，茶隙一啖，可助清况。

“紫菱可采，试以缓愁年。

淮汉以南，凶年以菱为蔬。”（《广志》）

瞩目菱花者，不知有谁。

江南水泊间丛生紫菱，

叶菱形，花白而小，浮荡碧波间，不惹尘埃。

“风生绿叶聚，波动紫茎开。

含花复含实，正待佳人来。”（梁·江洪《采菱诗》）

水际携归一丛，置茶海上，

清涟充盈其下，一枝山桃草挺露而起，

疏花遥应，席间顿生江湖之思。

34

乌柿 络石

花材—乌柿 络石

花器—钧窑贯耳方瓶

摄影—文治

浦东有田，治渔塘，积土成丘。
设计师顾忆兄就丘营园，
叠废弃集装箱为屋，榜曰厢。
一时名流云集，数年不衰。
隙地布景，遍植杂木，俨然可隐。

园中有乌柿，僻处丘后，少人迹。
因觅花偶过，采一枝投瓶。青果长梗，极闲雅。

后三日，园废，不复有厢。
故不及见乌柿丹也。

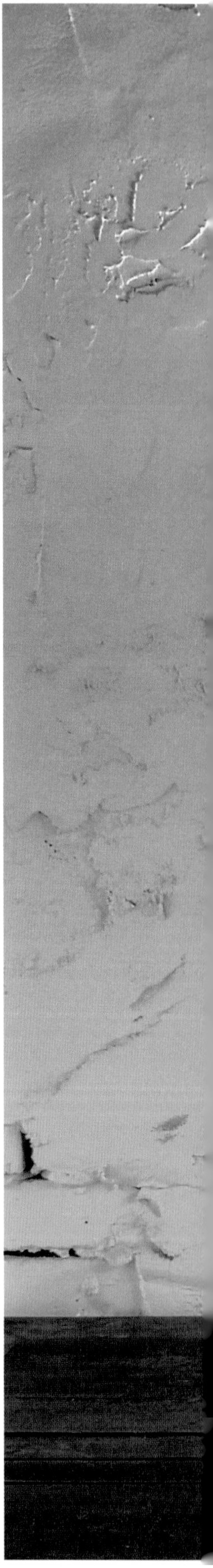

35

茨菰

花材——茨菰
花器——青铜花觚
摄影——文治

北方藕塘时有茨菰伴生。
叶若燕尾，挺生杂草丛中。夏日放小花，
金蕊白华，有金台银盏之概。

明·金润《瓶花谱》：及茨菰、红蓼等类，不许太繁，然后束之，谓一把莲也。瓶用几尺为相称者。

36

柳枝 青杏

花材—柳枝 青杏
花器—钧窑贯耳方瓶
摄影—文治

青杏已成双，新尊荐樱桃。

春去也，怎当他，清昼永。

宋·孟元老《东京梦华录》卷之八：
“唯州南清风楼最宜夏饮，初尝青杏，乍荐樱桃，时得佳宾，觥筹交作。”

初夏，瓶中投青杏，清阴无赖，闷坐晤对，惟苦茗独啜而已。

37

南天竹 枇杷枝 瓜蒌藤 木百合 水竹

花材 — 南天竹 枇杷枝 瓜蒌藤 木百合 水竹

花器 — 绿釉方瓷盘

摄影 — 刘涛

静谧夏阴，惹人幽肠。

取粗壮南天竹一，枝叶离披，
挺立若庭际之木。
一株枇杷旁逸斜出，以避荫翳。
柔蔓缘树而上，贪婪静享夏日骄阳。
一朵木百合自水面静静绽放，
似有荷香扑人而来。

明·王象晋《群芳谱》：枇杷，树高丈馀，易种。肥枝，长叶微似栗，大如驴耳，背有黄毛，形似琵琶，故名。阴密婆娑可爱，四时不凋。冬开白花，三四月成实，簇结有毛，大者如鸡子，小者如龙眼，味甜而酢。白者为上，黄者次之。皮肉薄，核大如茅栗。相传枇杷秋萌、冬花、春实、夏熟，备四时之气，他物无与类者。

苍翠浓荫满院，莺对语，蝶交舞，戏蔷薇。

——唐·毛熙震《定西番》

荷花遮水水漫溪，柳低垂，乱蝉嘶。舍辔何妨，临水照征衣。一扇香风摇不尽，人念远，意凄迷。

——宋·王安中《江神子·韦城道中寄李祖武、翟淳老》

38

南天竹 绞股蓝 红掌

花材—南天竹 绞股蓝 红掌
花器—玻璃花筒
摄影—刘涛

竹篱上爬满了绞股蓝，簇簇青果无人留意。
南天竹花谢著实，尚未成穗。
空气中满是江南盛夏午后的熏蒸。
于瓶口点缀红绿相间红掌一枚，
生命的色彩都在不经意间转换，有条不紊。

柔蔓最难固定取势。
其整体柔软，局部却桀骜不驯。
非要有必要的处理技巧。
此作取带细枝之竹置筒中，
细枝本身之韧劲可把竹枝固定在筒中。
竹端开小口挟柔藤，
调整到想要的姿态，即可以固定了。

明·李日华《味水轩日记》卷一：（十二月）十三日，剪其庭中天竹一穗归舟，并溪梅数枝插酒壶中，物色相映如珊瑚。

39

火棘 佛手 枯木

花材—火棘 佛手 枯木

花器—日式铁铸提梁花筒

摄影—刘涛

金鸡湖畔小径绿化丛中多火棘，

浓荫下肆意生长，虬枝蜿蜒。

年久多有枯死不振者。丛中取一茎，

自然疎[1]瘦古怪。附枯木以生，似石畔疏干。

一枝佛手破隙而出，饶有生意，同时遮蔽筒身。

密丛以承疏枝，疏密斜正之间，画意顿见。

[1] 疎：读 shū，“疏”的异体字。

40

楝 夹竹桃

花材—楝 夹竹桃
花器—青铜花觚
摄影—文治

江南四月，密叶已成荫，绿树菲菲间，
紫白楝花始著枝，紫丝晕粉，粲若飞霞，
人目为“晚客”。
夏末江南，取楝枝一丛，金铃子散缀枝头，
叶间夹竹桃密点，不知殊为楝，殊为夹竹桃矣。

《本草》：（楝）一名苦楝。实名金铃子，处处有之。唐·苏恭曰：有雌雄两种，雄者无子，雌者有子。宋·苏颂曰：木高丈余，叶密如槐而长，三、四月开花，红紫色，芬香满庭，实如弹丸，生青熟黄。（《广群芳谱》卷三十八·楝花）

41

枯木 马兜铃
风车栀子花

花材 — 枯木 马兜铃 风车栀子花

花器 — 湖田窑瓜棱瓶

摄影 — 茉莉

藤本缘物而生，随物赋形，姿态不显，

故古人主张“勿取垂条劲直，

叶侧无生意，须择袅娜者”（金润《瓶花谱》）。

袅娜者，多倔强，安顿时须顺其性，以生机为运，

“以得其所以然，则韵致丰采自然生动，

而造物在我矣。”（邹一桂《小山画谱》）

42 车前草

花材 — 车前草
花器 — 日式琉璃器
摄影 — 柴英杰

芣苢[1]，一名马舄[2]，一名车前，一名当道。
喜在车迹中生，故曰车前、当道也。

碧丛抽穗为芣苢，便堪持此换琼瑶。

车前，喜生当涂车辙中，城中罕见。叶贴地簇生，抽穗亭立。置瓶，似舞风中。

[1] 芣苢：读 fú yǐ，古书上指车前草。

[2] 舄：读 xì。

43 天目琼花 牵牛花

花材 — 天目琼花 牵牛花
花器 — 手工锤制紫铜花觚
摄影 — 柴英杰

草木滋生分挺秀、垂露、平出三势；
三势中，又有分歧、交叉、回折三法。

挺秀者偃蹇[1]有态，而忌直擢[2]；
垂露宜袅娜生动，而忌劲直；
平出宜古怪鳞皴，而忌平搘[3]。

分歧须有高低向背；交叉须有前后粗细；
回折须有偃仰纵横。
三势三法可概万态，活法变通，造物尽在吾瓶中。

[1] 偃蹇：读 yǎn jiǎn，形容高耸的样子。
[2] 擢：读 zhuó，这里指“伸出”。
[3] 搘：读 zhī，撑起，架起。

44

紫叶李 腊梅果

花材 — 紫叶李 腊梅果
花器 — 湖田窑影青瓜棱瓶
摄影 — 文治

浓荫中窥见紫叶李果，圆正猩红。

硕果密叶，枝梢自然曲折，婀娜有态。

枝投瓶中，略显瘦弱，又取腊梅枝置瓶口。

一丛叶铺撒瓶口，一丛叶向上掩映紫叶李之干，

无花瘦于瓶之虞。

腊梅果略泛玫红，与李果呼应。

摄影布光取后置光，叶脉透亮，

似夏日骄阳直射，郁勃昂扬。

45

怪柳 翠竹 枯枝

花材 — 怪柳 翠竹 枯枝

花器 — 矿泉水瓶

摄影 — 文治

案头叠景，借鉴传统造园叠石审美，
于案头布置小景一曲。
亘石为底，竖峰为屏，积沙成岗，
铺苔为茵，枯枝、柽柳、翠竹投瓶，
掩映石畔，丛林崟崟[1]，
咫尺千里，好景良天。

[1] 崟崟：读 yín yín，这里指丰茂的样子。此词还用来形容高耸的样子。

秋

凉风入书幌，且喜素秋来。

46

绣线菊 白屈菜

花材—绣线菊 白屈菜
花器—吉州窑褐釉小罐
摄影—谢晓荣

山野间采得。

绣线菊生岩壁间，枝坚虬若铁线，叶干涩如裂帛。

花期已过，蕊枯竭簇聚枝头。

器取褐釉老窑，古拙似岩壑。

罐中置剑山，枝立其上，遒劲倔强。

取白屈菜柔条以调协。

夏末草木趋秋，萧萧不屈之境，跃然目前。

《救荒本草》卷一：白屈菜，生田野中，苗高一二尺，初作丛生，茎叶皆青白色。茎有毛刺，梢头分叉，上开四瓣黄花。叶颇似山芥菜叶，而分叉极大；又似漏芦叶而色淡。味苦，微辣。

47

黄栌

花材—黄栌
花器—高振宇制陶器
摄影—柴英杰

高振宇出阳美制陶世家，负时名。
于刘山先生处得见其制器，
劲挺有力，异常形。
择黄栌一枝投之。秋未深，
栌叶青黄，与器适。
劲枝挺立中出，
与器上线条遥应，静谧处自有英气。

明·李时珍《本草纲目》卷三十五：黄栌生商洛山谷，四川界甚有之。叶圆，木黄，可染黄色。

48

柿叶 槐花

花材 — 柿叶 槐花
花器 — 日式竹一重切
摄影 — 柴英杰

槐花黄，举子忙。

农历七月，道旁槐花次第绽放，
且开且落。浓荫落英，兀自消长，少人理会。

历史长河中，国槐曾享尽荣耀。
传说三公槐下理事，先民以槐配三公之位，
此槐自此寄托了历代世人渴慕荣华之思。
后世太学皆植槐，莘莘学子心怀三公之念，
尽入帝王彀中。

唐时落第之士淹留京城，槐花黄时，
奔走朱门行卷，
以期拔擢，空巷足音，多少凄凉，几多欢欣。

秋来柿叶渐红可书，士子书叶，颇多佳话。

柿叶未丹，仕途不卜，机杼其中。

49

紫藤 葡萄藤

花材—紫藤 葡萄藤

花器—牧之制琉璃胆瓶

摄影—郑兰翔

苏州湿地公园内诸花皆谢，
篱畔折葡萄老藤，配以紫藤柔条，
高下合插，湖畔亭亭玉立，
有鸿惊鹤奋之趣。

明·王象晋《群芳谱》：葡萄，苗作藤蔓而极长大，盛者一二本绵被山谷间。三月开小花成穗，黄白色。旋著实，七八月熟。

50

红枫 木百合

花材 — 红枫 木百合
花器 — 玻璃花筒
摄影 — 刘涛

霜降之枫，万木敷红，灿若珊瑚灼海，诚巨观。
清人顾禄为看枫著有专约，其中有云：
山巅水涯，言论务以简远清雅为宗。
若一切时事人物，载啜侧弁，
委琐无文，荒诞不经之谈，各宜苛除，毋溷人耳。
舟次虽可清谈，倘更携法书名画，
新曲妙吟，以佐雅赏，风流逸致，益复宜人。

某年冬初自太湖东山驾车入城，
车行快速路上，日晴目远，
群山丹色尽染，或是当年顾禄涉足之处。
遥想古人逸兴遄飞，不觉神驰。
撷枫两枝，高下合插，
小枝叶铺撒瓶口，瓶内著意安顿，
不留枝痕。顿案头，以恣卧游。

《说文》：枫，木也，厚叶弱枝，善摇。汉宫殿中多植之，至霜后叶丹可爱，故称枫宸。
《尔雅》：枫，欇欇[1]。郭注：枫树似白杨，叶圆而岐，有脂而香，今之枫香是。
《埤雅》：枫，枝善摇，故从风。叶作三脊，霜后色丹，谓之丹枫。

[1] 欇欇：读 shè shè，指枫香树。古文还用欇指代紫藤，欇还有“杖”的意思。

51

紫叶李

花材—紫叶李
花器—日式铜瓶
摄影—文治

北方春归，枯槁间山桃红白似烟。
烟岚尽时，紫叶李陡然绽放，
细密繁花攒集嫩叶之间，不觉中春意盎然矣。
厥后，一树树暗红紫叶浑浑噩噩度过雨露阴晴，
不再惹人著意。

盛夏浓荫中，机缘凑合，
有可能会在紫叶李叶间发见零星的暗红果子，
也许会有好几枚，或者仅有一枚。
撷来投瓶，惹人惊鸿一瞥。
物之遇合，尽在其中。

52

番柿

花材 — 番柿
花器 — 青铜花觚
摄影 — 文治

番柿，又名番茄、西红柿，
原产南美安第斯山麓，引种欧洲为观赏植物，
明人亦以番柿缚架为观。
草莽间取一株投瓶，赏者一哂。

明·王象晋《群芳谱》：番柿，一名六月柿，茎似蒿。高四五尺，叶似艾，花似榴，一枝结五实或三四实。一树二三十实，缚作架，最堪观。火伞、火珠，未足为喻。草本也，来自西番，故名。

53

天目琼花

花材—天目琼花
花器—磁州窑黑釉花觚
摄影—柴英杰

叶分浓淡疏密，要与花相掩映。
枝间无花，累累果实可以想见花之向背俯仰。
其构图章法须用心经营，
若是一味填塞，是老僧补衲手段，焉能得其神妙哉。
“须折斜冗花枝，铺散左右，覆瓶两傍之半则雅”（《瓶花三说》）。
疏疏密密安排之际，分浓配淡，
皆要能映一片文心画理，方臻其致。

54

青柿 黄鸡冠

花材—青柿 黄鸡冠

花器—日式竹一重切

摄影—柴英杰

清代以来，谐音文化大昌，

清宫《岁朝图》多以柿配如意，

取事事如意之吉。

取青柿两枚，簪小鸡冠一朵，

疏密俯仰间饶有秋意，与如意无涉。

明·李时珍《本草纲目》卷三十：世传柿有七绝：一寿，二多荫，三无鸟巢，四无虫蠹，五霜叶可玩，六嘉实可啖，七落叶肥大，可以临书。

55

石榴

花材——石榴
花器——日式铁铸提梁花筒
摄影——刘涛

器为日式老提梁铁筒，口沿蚀裂。
主人蓄老榴数株于庭，采一劲枝纳筒中，
枝自裂口处出，略去冗叶，生气具足。

《画诀》云“下垂必有偏反之势”，诚为金针。
偏反乃生机使然。下探枝丫因趋阳，
最下端枝叶必倔然上挺。插下垂之枝时，
若能著意于此，则天机在我矣。

明·金润《瓶花谱》：石榴多品，性喜热，则用汤。然亦难插。勿折新条，必隔年枝为好。唯柏叶榴为上品，用水无妨。大者如酒杯，其亦何下于牡丹乎！单叶白者、桃红者次之。

明·王象晋《群芳谱》：单叶者，旋开花，旋结实，花杔即榴。不结者杔尖小。千叶者，不结实。……榴实圆如毬，顶有尖瓣，大者如杯，皮赤色有黑斑点。皮中如蜂窠，有黄膜隔之。子如人齿，白者似雪，淡红者似水红宝石，红者如朱砂。淡红、洁白者味甘，红者味酸。秋后经霜则实自裂。

56

贴梗海棠 佛手

花材 — 贴梗海棠 佛手
花器 — 国家博物馆制果熟来禽花器
摄影 — 文治

南宋初林椿《果熟来禽图》极写生之妙，
禽飞欲起，宛然欲活，
成为宋代折枝花鸟画中的代表作。
折枝俯仰疏密即为瓶花之旨归，会心者自有妙悟。

珐琅瓷果熟来禽花器富丽繁杂，制器有巧思。
花材取遒劲贴梗海棠枝，自花器折枝尽处生出，
与果熟之枝连络，枝器浑然。器口置灿黄佛手一，
遥应蘋[1]婆，辉映秋林。

[1] 蘋：“苹”的异体字。

57

射干 南天竹

花材—射干 南天竹
花器—钧窑贯耳方瓶
摄影—文治

射干一挺多头，瓶花中极宜取态者。
花萎时，蜷曲房上，抱固不辞，不类他卉。

花瓣猩红点点，遥应瓶体，似自瓶中生就。
更取欲丹之南天竹掩映过渡，浑然一体。

58

花材 — 枯木 石榴枝 南天竹 棣棠

花器 — 日式青铜瓶

摄影 — 文治

枯木 石榴枝
南天竹 棣棠

石榴吸水性较差，滋养不易，

故明人主张用滚水插贮，试之良然。

其取枝也须讲求，新生枝条不仅不易取态，

且吸水性差，容易萎落。

故插石榴必取多年生老干，

疏瘦古怪，姿态优美，

且可存活多日，夏秋之际案头清供佳品。

枯木一笏，老干附生，一果枝头招摇待霜，秋深矣。

59

玉兰枝

花材—玉兰枝

花器—影青瓜棱瓶

摄影—文治

玉兰、木兰、辛夷，世人往往不辨。

若以实论，惟玉兰有果。

其果畸形，变态万状，

秋深荚果开裂，丹实如豆，灿然可观。

明·金润《瓶花谱》：冬月之时花卉寥落，佳木有霜子，或如朱樱，如豆如椒者，皆可插，盖取其有丹心岁晚坚也。

60

枯木 木防己 枫枝

花材 — 枯木 木防己 枫枝
花器 — 青铜花觚
摄影 — 文治

疏叶缀时果，璀璨间靛青。

“木防己又名解离，苗叶小类牵牛。”
（《图经本草》）
藤蔓极易插贮造型，
秋来靛果累累簇聚，照耀映夺。
秋时访友松阳，山间溪侧偶见。
其根入药，滥采无度，据云已濒危矣。

61

橘

花材——橘
花器——青铜胆瓶
摄影——文治

橘德不迁，踰[1]淮而北为枳是也。
白华绿叶，扶疏冬荣，
嘉卉氤馥，绿实绀碧，
不待霜后，色味已佳。
古称木奴，其利溥也，
故史称“蜀汉江陵千树橘，
此人与千户侯等”。

旅馆园中饶橘，撷来投瓶，
其臭清远，以代佛手香橼。

[1] 踰：“逾”的异体字。

62

枯木 石榴 竹 柏树 串叶松香草

花材—枯木 石榴 竹 柏树 串叶松香草

花器—仿制青铜簋

摄影—文治

石榴老干皴皱槎枒，颇有老枝怪奇之态，

绝类八大山人笔下枯木，荒寂枯寒，

然缩入盆盎之中亦难。

此作借枯木以营其趣，

石榴幼枝附生，恍若老干横生偃蹇，

正是瓶花旨趣。

63

朴树 南蛇藤 小檗

花材 — 朴树 南蛇藤 小檗

花器 — 钧窑贯耳方瓶

摄影 — 柴英杰

深秋朴树果实转黄，姿态万千。

瓶口取小檗红叶点缀，

开荚南蛇藤似果若花，沐浴秋阳中，如洗新雨，静谧安详。

64

火棘

花材 — 火棘

花器 — 牧之制琉璃花器

摄影 — 牧之

瓶花与绘画同理，布局俱以得势为先，

有一种生动气象，方不死板。

而取势必先得之枝梗，

枝梗得势，虽萦纡高下，气脉贯串，

自然生机盎然。

其间布置之力不可少也，

横斜以观其势，反侧以取其态，

相定之后，裁汰冗余，

或折或曲投瓶，自然合宜。

65

朴树 决明子

花材—朴树 决明子
花器—青铜鼎
摄影—文治

北方秋深，朴树叶落实丹。

南地决明子怒放，四棱荚果摇荡金风。

南北殊候，一炉之中，不辨彼此，

诚瓶花一枝生两色之妙趣。

66

杜梨 银杏

花材 — 杜梨 银杏
花器 — 影青须弥座仰莲纹香炉
摄影 — 柴英杰

明·王象晋《群芳谱》：
棠梨，实如小楝子，霜后可食。
其树接梨甚佳，处处有之。
有甘酢、赤白二种。
陆玑诗疏云：
白棠，甘棠也，子多酸美而滑。
赤棠，子涩而酢，木理亦赤，可作弓材。

郑康成诗注云：
北人谓之杜梨，南人谓之棠梨。

67

橘子枝 鸡冠花 千里光 苔草

花材 — 橘子枝 鸡冠花 千里光 苔草
花器 — 石鼎
摄影 — 文治

墙隅折脚石鼎苔痕斑驳，
捡拾顽石撒之，端庄敦厚之象立见。
其内以顽石固橘枝，
附生诸草本，
静露清阴，
一派秋光。

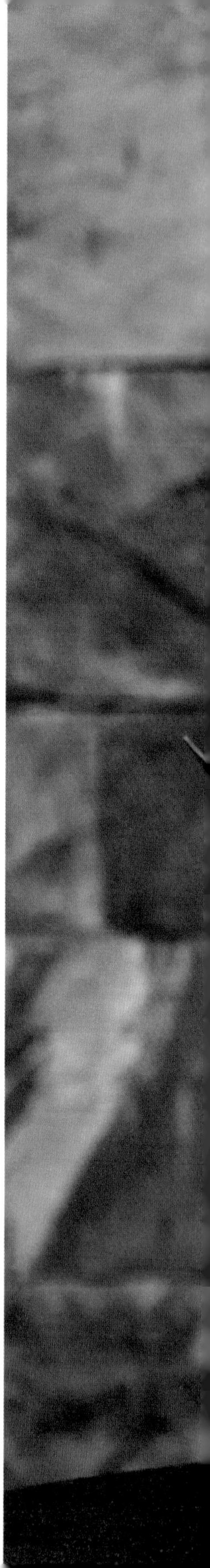

68

春羽叶 鸡冠花

花材—春羽叶 鸡冠花
花器—隋青釉钵
摄影—文治

广口盘碗固定最难。
中国传统插花遗留下来的第一件正式花器“占景盘”就解决了这一难题。
“铜为之，花唇平底，深四寸许，
底上出细筒殆数十，
每用时，满添清水，择繁花插筒中，可留十余日不衰。”
（陶穀《清异录·占景盘》）
此后这一管束花枝的巧思很快运用到了其他的盘碗器具之中，甚至在瓶子中也得到了广泛使用。
近代以来，借鉴“占景盘”遗意的“七宝”，
后起的剑山为广口器皿插花带来极大的便利。

此作借用日人螃蟹置物作水止，
来管束春羽叶和鸡冠花，器具不备时，铁丝、竹枝等物，
皆可活法变通，不必拘泥。

69

海棠枝 天目琼花 串叶松香草

花材 — 海棠枝 天目琼花 串叶松香草
花器 — 钧窑贯耳方瓶
摄影 — 文治

草花最难摘取，这是明代以来历代插花人的共识，
草花难以取态，多不雅驯。
欲救此弊，非熟玩名人写生画迹不可。
草花中独秋花姿态万端，尚易取巧。

此作取秋深串叶松香草，
挺立秋阳之下，瓶口掩映天目琼花之果，
一海棠枝扶摇伸展，
枝、花、实三者凑簇，恍若天生。

70

紫叶李 秋桃

花材 — 紫叶李 秋桃

花器 — 青铜花觚

摄影 — 文治

紫叶转黄，铁锈斑斑，虫蛀累累，
枝头摇曳，一派秋色。

秋桃转丹，青红间杂，果香袭人。
案头清供，三千年熟。

71

丹柿 木瓜枝

花材——丹柿 木瓜枝
花器——青花梅瓶
摄影——文治

瓶绘荷花一池，游鱼浮波而来。
故于波上悬丹柿以诱。
柿摇摇欲堕，鱼喋呷欲跃。
池上秋叶萎坠，洪波涌起，
日月星汉，皆在其中。

72

紫藤 佛手 秋芙蓉

花材——紫藤 佛手 秋芙蓉
花器——日式竹篮
摄影——刘涛

篮子作为花器，最独特的部分即提梁，
如何利用提梁及打破提梁的规整结构，
成为篮子插花先要斟酌的部分。
借助枝材巧妙分割，突破提梁空间，
让竹篮插花幻化无端，
皆以不主故常为旨。

花材皆从右侧提梁处涌生，
枝叶遮蔽提梁，打破了提梁的固有轮廓。
左侧不规则的虚空之处，
花蕾悄然探出，
因空见色，空色朗然。

明·王象晋《群芳谱》：木芙蓉，一名木莲，一名华木，一名拒霜花，一名桃木，一名地芙蓉。（《本草》云“此花艳如荷花，故有芙蓉、木莲之名”。八九月始开，故名拒霜，俗呼为桃皮树。）有数种，惟大红千瓣，白千瓣，半白半桃红千瓣，醉芙蓉，朝白午桃红晚大红者，佳甚。黄色者种贵难得。又有四面花、转观花，红白相间，八九月间次第开谢，深浅敷荣，最耐寒而不落，不结子。总之此花清姿雅质，独殿众芳，秋江寂寞，不怨东风，可称俟命之君子矣。欲染别色，以水调靛纸，蘸花蕊上，仍裹其尖，开花碧色。五色皆可染。种池塘边，映水益妍。

73

火棘 紫薇

花材 — 火棘 紫薇

花器 — 牧之制琉璃胆瓶

摄影 — 刘涛

火棘、紫薇高下合插，

翠绿橙黄映衬，有雨过天青之宁静。

夕阳逢一雨，夜木洗清阴。

露气竹窗静，秋光云月深。

煎尝灵药味，话及故山心。

得意两不寐，微风生玉琴。

——唐·马戴《新秋雨霁宿王处士东郊》

74

垂丝海棠枝 紫薇枝

花材 — 垂丝海棠枝 紫薇枝
花器 — 青瓷胆瓶
摄影 — 刘涛

小口青瓷胆瓶不太适合插太多的花材，
此作取垂丝海棠小枝入瓶取水，
虬曲枝干取势，
瓶口搭配深秋渐橘黄之紫薇叶，
在微青釉色承托下，格外有神采。

75

紫珠 高山杜鹃

花材—紫珠 高山杜鹃

花器—胆瓶

摄影—柴英杰

紫珠灌生，柔条缀紫珠成簇，

累累粲若贯珠。吾喜疏朗，删其繁，

仅余星点，摇落金风之中。

深秋高山杜鹃叶黄丹，凑簇以承紫珠。

秋深矣。

76

丹柿 黄栌

花材—丹柿 黄栌
花器—梅瓶
摄影—柴英杰

承德小凇鬻[1]花市上，晓花艺，
故卓然不群。冬秋之季常托小凇觅材，
数数过，皆有获。
此丹柿得之小凇。略去冗果投瓶，
即有秋思。瓶口斑驳黄栌附柿丛生，
疑即柿叶渐丹。

明贤精研瓶花，别瓶花为二用，
一曰堂花，一曰斋花。
斋花取材一二枝，
其中论插法云：
欲插二种，须分高下合插，
俨若一枝天生者。

丹柿黄栌合插，柿即栌实，
栌叶即柿叶，此一枝天生之谓也。

[1] 鬻：读 yù，卖，“楚人有鬻盾与矛者”（《韩非子・难一》）。

77

黄栌枯枝 山茱萸

花材一黄栌枯枝 山茱萸

花器一梁明毓制琉璃器

摄影一柴英杰

《风土记》曰："茱萸，椴也，

九月九日熟，色赤，可采时也。"

又曰："九日谓上九，茱萸到此日，

气烈色赤，可折茱萸以插头，云辟恶气、御冬。"

重阳登高，古人钟情菊萸，

或饮或佩，相沿亦久。

汉时佩萸已成惯常。

吴茱萸、山茱萸，聚讼千年，莫衷一是。

喜山茱萸殷红可爱，取以投瓶，以应节序。

78

南蛇藤 南天竹

花材 — 南蛇藤 南天竹

花器 — 霁蓝修颈净瓶

摄影 — 柴英杰

南蛇藤缘木而生，似蟒蛇蜿蜒，

叶硕大无可观。

秋来叶落，蒴果青黄，

满缀蔓上，饶有丰致。

待到果熟崩裂，赪果挺立，

如花蕾，果皮黄灿如萼，

瞬时蝶化，艳绝枝头。

大丛南天竹铺撒恣肆，一茎蜿蜒昂立，

颇得明人“挺露一干中出”之趣。

79

火棘枯枝 南天竹 枇杷花 枫叶

花材 — 火棘枯枝 南天竹 枇杷花 枫叶

花器 — 竹篮

摄影 — 王镜雯

佳期若有待，珍树寒始花。

第一次见枇杷花是在苏州，
十二月的江南阴冷透骨。
枇杷花开了，乞得两枝归来，
不一样的馨香，一直留在记忆里。
自此喜欢枇杷花。

枇杷冬月著花，朱夏柯叠金丸，
四季枝叶恣肆，一派生意。
花果皆可投瓶。

篮中丹果红枫掩映一簇枇杷花，
以待赏者。

80

桂花枝 菊芋花

花材—桂花枝 菊芋花
花器—湖田窑瓜棱瓶
摄影—柴英杰

花枝之承接，全在乎叶。叶之势，岂可忽哉？

花枝欲动，其势在叶。

“惟以叶助其带露迎风之势，则花如飞燕，自飘飘欲飞矣。
然叶之风露，无从绘出，须出以反叶、折叶、掩叶中。
所言叶以风露取势者，凡草木春荣秋萎之花皆然也。”
（《芥子园画花卉草虫浅说》）

桂枝仅余一叶彳亍枝头，迎风欲飞，
摇落之态，萧杀之感顿显。
秋风起兮白云飞，草木黄落兮雁南归，
兰有秀兮菊有芳。

81

石楠 矢车菊 南天竹

花材—石楠 矢车菊 南天竹

花器—青铜花觚

摄影—文治

几朵疏花意自闲，一枝丛杂已斑斓。

江南深秋寒意袭人，

闲看雨云出岫，碧岑秀润，尘氛顿消。

冬

万岁长乐康，玄冬瑶草芳。

82

枯木 金银木

花材—枯木 金银木

花器—仿哥窑花觚

摄影—文治

秋后金银木果实殷红，

缀满枝头，浓叶渐黄，

枝上色彩丰饶，适合投瓶插供。

叶萎落后，殷红点点，

绝似红梅绽蕊，诚冬日佳品，

极变幻之能。

83

枇杷叶 南天竹

花材 — 枇杷叶 南天竹
花器 — 黑釉花觚
摄影 — 文治

花觚是瓶花最典型的花器。

因口敞，固定和选材要极用心。

此作枝材纤细，置瓶中，颇有花瘦之虞。

瓶口置枇杷叶，有效解决了这一问题。

红色南天竹点缀叶丛之中，

与红叶呼应，寒意弥漫。

84

杂卉

花材——杂卉
花器——青铜花觚
摄影——文治

书斋插花，一枝最难。

明代金润在《瓶花谱》中主张插花“一枝为贵”，

最忌“繁冗”，以“伤繁”为厉禁。

其后张谦德《瓶花谱》在谈到书斋插花时别列一枝：

“若止插一枝，须择枝柯奇古，屈曲斜袅者。”

一枝投瓶，雅俗高下全在枝材姿态，非可草草了事。

“胆瓶欲插费商量，爱好天生事审详。

位置一花非草草，才人文笔佛心肠。”

（清·孙原湘《供兰图》）

其间取舍，会心者知之。

85

木瓜枝

花材 — 木瓜枝
花器 — 隋牟绘青花梅瓶
摄影 — 文治

叠石为山，桃生其巅，
其花灼灼，其叶蓁蓁。
鸳鸯其间，琴瑟和谐。

瓶口出枝一丛，
木瓜已投，惟叶蕃庑。

86

枯枝 紫叶李 佛手

花材 — 枯枝 紫叶李 佛手

花器 — 青铜花觚

摄影 — 文治

瓶花与绘画皆讲生发。
“取势必先得之枝梗”，
一件作品成功与否，取势最为关键。
瓶花取势全赖枝梗，枝梗已立，
其余花材皆自此生发，
始得气韵生动之趣。

87

花材 — 南蛇藤 鸡冠花 圆柏
花器 — 手工锤制紫铜花觚
摄影 — 柴英杰

南蛇藤 鸡冠花 圆柏

折枝在手，谛视熟察，
端相侧正，能想其态度绰约，
枝梗转折，向日舒笑，
迎风欹斜，含烟弄雨，初开残落之状，
比枝配色，分浓配淡，
布置瓶盎之中，自然妙合天趣。
若不以生机为法，终为俗品。

88

月季果

花材—月季果

花器—日本哨子花瓶

摄影—文治

枝直仰者须有娇柔之态，

低垂者须显翩翻之姿。

比偶取参差之致，

联接得猗扬之势。

如此方能偃仰得宜，顾盼生情。

虽是僵果，亦可想见蓓蕾高低向背，

未开已开之姿。

89

柏枝 浆果

花材 — 柏枝 浆果

花器 — 青铜饕餮纹小鼎

摄影 — 文治

昔日柏梁台悉植柏，香闻数十里。

冬日众卉寥落，案头柏枝一丛，以充清供。

《世说新语·言语》：蒲柳之姿，望秋而落；松柏之质，凌霜犹茂。

90

棠梨

花材 — 棠梨

花器 — 西山芳浩哨子长瓶

摄影 — 柴英杰

若以图面之章法而论，

景物之宾主、揖让、开阖、本原、驱使、行列，

均须各得其宜。

于大自然景物中，一切分布固有其天然法则，

若只取其一部入于小幅中，

当不能尽，故每得此而失彼。

摄影集锦乃将所得之局部，加以人意而组合之，

使成完璧，此即吾国绘画之所谓经营位置者也。

然须以雕琢而复归于自然，方能出神入化，巧夺天工。

（郎静山论摄影构图）

91

柿枝 桂花

花材—柿枝 桂花

花器—隋牟绘青花瓷缸

摄影—文治

隋牟兄绘梅纷披，故于缸内杂置枯枝以乱之。

粗服乱头之际，章法蕴矣。

老梅疎瘦怪奇，茁枝如棘，不惹尘氛。

枝间缀芳桂一枝，细香扑人，

恍若身在驿桥岩壑间耳。

92

杜鹃 蔷薇果

花材—杜鹃 蔷薇果

花器—牧之制琉璃净瓶

摄影—刘涛

冬日蔷薇果般红明媚，

枝条楚楚饶态，颇适瓶供。

取杜鹃茁枝挺立之势，蔷薇柔条附凑蜿蜒，

刚柔互生，可称妙品，不逊梅枝。

琉璃净瓶碧透如冰，

朱实翠叶自清净地上生，

空明寂静，万象现也。

93

茅草 南天竹

花材 — 茅草 南天竹
花器 — 泉田之也制花器
配器 — 美子制盖碗 林逢熙制杯
摄影 — 冰雁
空间设计 — 顾忆

庭风
空间居于室内，从上部书房悬挑出一隅茶室，
置卧石之上，若传统庭院之中庭天井。（顾忆）

茶事方兴未艾，空间、器具、陈设、仪轨，诸多关涉，
从事于其间者，蜂屯蚁聚。

古人论茶之侣云：
饮茶以客少为贵，客众则喧，喧则雅趣乏矣。
独啜曰幽，二客曰胜，三四曰趣，五六曰泛，七八曰施。

见顾忆兄设计茶室“庭风”者，颇得独啜之幽。
选泉田之也制陶，熊踞茶室之隅，杂置枯草一丛，
两穗丹红南天竹颖脱而出，卓然于荒漠之上。
壁悬疏梅寒松一轴，茶碗一，茶杯一，
寒夜兀坐，清泉岩壑上，吾之一人茶室也。

94

玉米秸 蔷薇果
藤蔓 曼陀罗果

花材 — 玉米秸 蔷薇果 藤蔓 曼陀罗果

花器 — 枯木

摄影 — 薛书娟

枯枝败叶一丛，掇拾安顿，

取姿态之掩映，杂糅相骈，以合偏反之势。

95 枯荷

花材—枯荷
花器—梁明毓制琉璃高足盘
摄影—吴旭

冠盖交驰期会急，闲对残荷把一杯。

沉郁者多喜秋深，残荷兼雨，
无言伫听，太古似在眼前。
此花不在此列。

枯荷把生命定格在瞬间，
含苞之花，残缺之叶，
凝视之际，万千此中。

明·王象晋《群芳谱》：花生池泽中最秀，凡物先华而后实，独此华实齐生。百节疏通，万窍玲珑，亭亭物表，出淤泥而不染，花中之君子也。

96

月季枯枝

花材——月季枯枝
花器——北齐安阳窑净瓶
摄影——文治

瓶中况是无多花，古贤相对可吃茶。

肖兄精鉴饶技。净瓶残裂，
自缮之，亦有趣。
偶过其斋，柜中陈瓶，插月季枯枝。
擅去冗余，仅留一僵果踟蹰枝头。

明·王象晋《群芳谱》：月季花，一名长春花，一名月月红，一名斗雪红，一名胜春，一名瘦客。灌生，处处有，人家多栽插之。青茎，长蔓，叶小于蔷薇，茎与叶俱有刺。花有红、白及淡红三色，白者须植不见日处，见日则变而红。逐月一开，四时不绝。花千叶厚瓣，亦蔷薇之类也。

97

枯木 竹 红梅

花材 — 枯木 竹 红梅

花器 — 玻璃瓶

摄影 — 文治

青浦扬州行馆外饶梅，行小园内，处处皆梅。

惜含苞，未到放时。

拾枯木一，梅枝一，竹一丛，置玻璃瓶内。

梅枝枝脚横折撑瓶壁上，

竹随梅枝俯仰，不使瓶中冗乱。

苍翠枯朽间，亦有情趣。

98

竹枝 络石 水仙

花材 — 竹枝 络石 水仙
花器 — 白釉月牙形瓷盘
摄影 — 文治

广口盘型器，固定为难。
取竹扫帚上枯枝，恣意卧器中，
枝脚撑器壁，可作固花之用。

络石缘枝攀生，藤梢妖娆探出，
伸向广漠虚空，生机盎然。

根部丛杂处，水仙花盈盈不可犯，幽姿尽出。

99

枯枝 山茶

花材—枯枝 山茶
花器—宋式直颈玻璃瓶
摄影—文治

“写生惟花草最难，而瓶花更难。
盖生动之气，全在枝叶掩映，横斜欹侧，
乃能尽其天然之妙。
而瓶花则既无根柢，又乏照应，
欲以杂卉相骈而如出一手，
非深明偏反之态者不能下一笔。”
（台北故宫博物院藏宋·郭祥款《岁朝图》中明人娄坚题跋。
据学者考证，此画非宋画，
此类“岁朝图”多乾隆年间伪品，娄坚之跋亦应为清人伪造。）
此跋论瓶花绘画，可作瓶花插贮观。

后记

“世远莫见其面，觇文辄见其心。”（刘勰《文心雕龙·知音》）一幅作品，一段文字，里面大概都隐含着作者个人的旨趣和他想表达的内容，即便不曾谋面，亦可有会于心。

《不知有花》收录拙作九十九件，作品时间跨度有五年之久，是我研究瓶花的一个小结。这部分作品不是为了表现花的艳丽，甚至好多作品根本就没有花，但它们确实是我喜欢的瓶花。略为排比，分成春夏秋冬四节，作品或多或少，不强求规整统一。诚所谓随意断续，“如是而已矣！”

每件作品配短文一章，或纪其事，或寄其情，或论其法，或探其理，拉杂而谈，不一而足。都以瓶花为线索，试图沿波讨源，以发其幽，记载我对瓶花研究的点滴心得。若能引起读者诸君兴趣，动手投瓶，侍花心赏，则是我的愿望了。

明代南京人金润十七八岁撰《瓶花谱》，于瓶花有精诣之识。“人不善赏花，只爱花枝好。人或善赏花，只爱花之妙。花好在颜色，颜色人可效。花妙在精神，精神人莫造。”花之颜色精神皆在人会心能赏。《不知有花》集中或竟无花可赏，寄意枯枝败叶之间，颜色无迹，精神不彰，识者一哂。

集中作品非一时一地之作，气息格调难求统一。有赖朋友们摄影记录，在文中一一注明，以表谢忱。

结集成册，赵卫平女史督责之功，是要衷心感谢的。

当然还要感谢一直支持我探索未知之境的爱人李晶。

是为记，文治。

图书在版编目（CIP）数据

不知有花：山木野草的四时之态 / 徐文治著 . -- 桂林 : 漓江出版社 , 2020.7
ISBN 978-7-5407-8861-2

Ⅰ . ①不… Ⅱ . ①徐… Ⅲ . ①小品文—作品集—中国—当代 Ⅳ . ① I267.3

中国版本图书馆 CIP 数据核字 (2020) 第 027861 号

不知有花——山木野草的四时之态
BUZHI YOU HUA——SHANMU YECAO DE SISHI ZHI TAI

徐文治 著

出 版 人：刘迪才
策划编辑：符红霞
责任编辑：符红霞
助理编辑：赵卫平
装帧设计：XXL Studio 刘晓翔 + 马庆晓
责任校对：王成成
责任监印：黄菲菲

出版发行：漓江出版社有限公司
社　　址：广西桂林市南环路 22 号
邮　　编：541002
发行电话：010-65699511 0773-2583322
传　　真：010-85891290 0773-2582200
邮购热线：0773-2582200
电子信箱：ljcbs@163.com
微信公众号：lijiangpress

印　　制：北京中科印刷有限公司
开　　本：710 mm × 1000 mm 1/16
印　　张：14.25
字　　数：108 千字
版　　次：2020 年 7 月第 1 版
印　　次：2020 年 7 月第 1 次印刷
书　　号：ISBN 978-7-5407-8861-2
定　　价：98.00 元